Paso a paso

Paso a paso

Leo Lionni

Kalandraka

Un día, un petirrojo hambriento vio una oruga
de color verde esmeralda posada en una rama.
Cuando estaba a punto de comérsela...

–No me comas. Soy una oruga.
Soy muy útil. Mido cosas –dijo ella.

–¿Haces eso? –dijo el petirrojo–.
Entonces, ¡mídeme la cola!

–De acuerdo –dijo la pequeña oruga–.
Uno, dos, tres, cuatro…, cinco pasos.

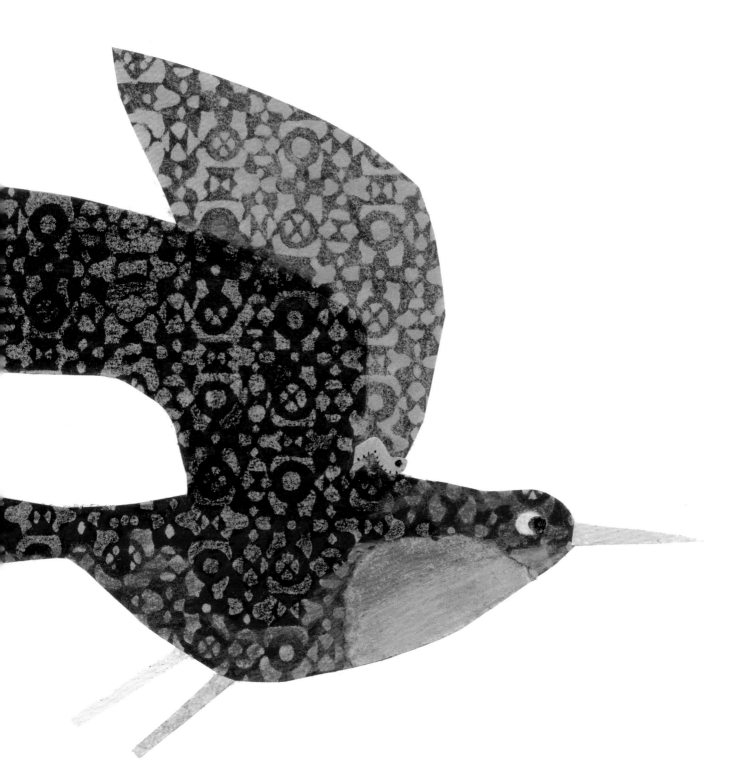

–¡Increíble! –dijo el petirrojo–. ¡Mi cola mide cinco pasos!
Y, con la oruga a la espalda, se echó a volar
en busca de otros pájaros que quisiesen medirse.

La oruga midió el cuello del flamenco...,

midió el pico del tucán...,

midió las patas de la garza...,

midió la cola del faisán...

y midió el cuerpo del colibrí.

Una mañana, el ruiseñor se encontró con la oruga.

–Mide mi canto –le pidió al pájaro.

–¿Cómo quieres que haga eso? –dijo la oruga–.
Yo mido cosas, no cantos.

–Mide mi canto o serás mi desayuno
–insistió el ruiseñor.

Entonces la oruga tuvo una idea.

–Lo intentaré –dijo–. Estoy lista. Canta.

El ruiseñor cantó y la oruga se puso a medir.

Midió y midió…,

paso a paso...,

hasta que desapareció.

Título original: *Inch by Inch*

Colección **libros para soñar**·

Copyright © 1960 by Leo Lionni, copyright © renewed 1988
Derechos de la traducción en castellano acordados con Ann Lionni
© de la traducción: Xosé Manuel González, 2018
© de esta edición: Kalandraka Editora, 2018
Rúa de Pastor Díaz, n.º 1, 4.º B - 36001 Pontevedra
Tel.: 986 860 276
editora@kalandraka.com
www.kalandraka.com

Impreso en Gráficas Anduriña, Poio
Primera edición: junio, 2018
ISBN: 978-84-8464-379-1
DL: PO 239-2018
Reservados todos los derechos